YASMIN

la chef

escrito por
SAADIA FARUQI

ilustraciones de
HATEM ALY

PICTURE WINDOW BOOKS
a capstone imprint

A Mariam por inspirarme, y a Mubashir
por ayudarme a encontrar las palabras
adecuadas—S.F.

A mi hermana, Eman, y sus maravillosas
niñas, Jana y Kenzi—H.A.

Publica la serie Yasmin, Picture Window Books,
una imprenta de Capstone,
1710 Roe Crest Drive
North Mankato, Minnesota 56003
www.capstonepub.com

Texto © 2020 Saadia Faruqi
Ilustraciones © 2020 Picture Window Books

Translated into the Spanish language by Aparicio Publishing

Los datos de CIP (Catalogación previa a la publicación, CIP)
de la Biblioteca del Congreso se encuentran disponibles
en el sitio web de la Biblioteca.

ISBN 978-1-5158-5730-3 (hardcover)
ISBN 978-1-5158-5734-1 (paperback)
ISBN 978-1-5158-5738-9 (eBook PDF)

Editora: Kristen Mohn
Diseñadora: Lori Bye

Elementos de diseño:
Shutterstock: Art and Fashion, rangsan paidaen

CONTENIDO

Capítulo 1

Preparar la fiesta

Un sábado por la mañana, Yasmin se despertó emocionada. ¡Esa noche tenían una fiesta en su casa! Música, amigos y, lo mejor de todo, ¡acostarse tarde! Estaba deseando que empezara.

Pero antes había que hacer
muchas cosas. Cocinar, limpiar
¡y más!

Después de desayunar, Baba

pasó la aspiradora en la sala.

—¿Quieres ayudarme,

Yasmin? —preguntó.

—¡Yo sacudiré el polvo!

—dijo Yasmin.

Yasmin pasó el trapo
por la mesa hasta que
quedó reluciente.

Pulió el espejo

hasta sacarle brillo.

Y lavó las ventanas

hasta que rechinaron

de limpias. ¡Menos

mal!

—¡Qué buena niña! —Baba abrazó a Yasmin—. Vamos a ver si Mama necesita ayuda.

Capítulo 2

Demasiado picoso

En la cocina también estaban muy atareados. Yasmin vio toda la comida. Frutas, verduras, pollo, arroz. ¡Y muchas especias! Eran los ingredientes necesarios para todos los platillos que iban a cocinar.

Mama aplaudió.

—¡Nuestra pequeña ayudante
está aquí! Prueba mi chaat
de fruta, Yasmin.

Yasmin dio un bocado
y retorció los labios.

—Está demasiado ácido —dijo.

Nani estaba cocinando biryani.

—Prueba esto —ofreció.

Yasmin lo hizo y se abanicó la boca.

—¡Está demasiado picoso! — exclamó.

Nana se rio. —Toma un poco de chai —sugirió.

Yasmin tomó un traguito

y lo escupió.

—¡Está demasiado caliente! —

gritó. El chai le caía por

la barbilla—. ¡Y mancha!

—Yo no puedo comer nada de

esto —protestó Yasmin—. ¿Por qué

la comida pakistaní tiene que ser

tan picosa o ácida, y que manche?

Mama frunció el ceño. —Yasmin, deberías estar agradecida por las bendiciones que tenemos.

—¿Por qué no eliges un plato y lo preparas tú? —le dijo Baba a Yasmin.

Yasmin pensó. ¿Qué podría cocinar que no fuera ácido ni picoso y que no ensucie tanto?

Primero, intentó hacer

sándwiches. Demasiado aburrido.

Después intentó hacer una salsa

de siete capas. ¡Demasiadas capas!

¿A lo mejor un postre?

¡Demasiado pegajoso! Arrojó

la cuchara sobre la mesa y puso

cara triste.

Baba movió la cabeza
y suspiró. —Tómate un descanso,
Yasmin —dijo.

Capítulo 3

La sorpresa de Yasmin

Yasmin se fue triste a su habitación. Abrió el armario para admirar el precioso shalwar kameez que se iba a poner para la fiesta.

Abrió su joyero. ¿Qué aretes quedarían bien con su vestido? Sacó sus favoritos.

¡Ajá! ¡Ya sabía lo que iba a cocinar! Bajó las escaleras corriendo y fue a la cocina.

—¡Tengo una idea! —exclamó.

—Déjame que te ayude

—ofreció Nana—. Tú serás

la chef y yo seré tu ayudante.

Nana hizo una reverencia

y Yasmin se rio.

Muy pronto se hizo de noche.
Yasmin bajó las escaleras con
su nuevo kameez. Los invitados
empezaron a llegar.

Tíos y tías. Primos y amigos.

—¡Qué vestido tan lindo, Yasmin!

—dijeron todos.

Sobre la mesa estaba toda
la comida. Pero faltaba un plato.

Nana salió de la cocina

con la receta especial de Yasmin.

No era picosa, ni ácida ni

ensuciaba mucho. Era fácil

de comer.

—¡Kebab de pollo con

frutas y verduras! —anunció—.

¡Una comida completa en

un palillo!

Nani era la persona de mayor edad, así que fue la primera en probar el kebab.

—¡Delicioso! —exclamó—. Está incluso mejor que mi biryani.

Nana sonrió. —¡Buen trabajo, chef Yasmin!

Yasmin probó su kebab.

—Está muy rico, pero creo que le falta un poco de picante —dijo.

Todos se rieron.

* Todo el mundo se frustra en algún momento. Cuando Yasmin se frustra, va a su habitación para calmarse. ¿Qué haces tú cuando te enojas?

* Los aretes le dan una idea a Yasmin para la receta. ¿Por qué los aretes le hicieron pensar en los kebabs?

* ¿Qué recetas especiales hace tu familia para las fiestas o celebraciones? ¿Cambiarías algo de esas recetas si pudieras?

¡Aprende urdu con Yasmin!

La familia de Yasmin habla inglés y urdu.
El urdu es un idioma de Pakistán.
¡A lo mejor ya conoces palabras en urdu!

baba—padre

biryani—plato especiado con azafrán
o cúrcuma

chaat—botana picosa

chai—bebida de té con miel, especias
y leche

jaan—vida; apodo cariñoso para un ser
querido

kameez—túnica o camisa larga

kebab—cubos de carne o verduras que
se suelen cocinar insertándolos en un
palillo

nana—abuelo materno

nani—abuela materna

salaam—hola

Datos divertidos de Pakistán

Yasmin y su familia están orgullosos de su cultura pakistaní. ¡A Yasmin le encanta compartir datos de Pakistán!

Localización

Pakistán está en el continente de Asia, con India a un lado y Afganistán al otro.

Islamabad

PAKISTÁN

Comida

La cena suele consistir en lentejas especiadas con salsa o verduras mixtas con un pan plano de acompañamiento llamado roti.

La bebida nacional de Pakistán es el jugo de caña de azúcar. La fruta nacional es el mango.

Idioma

El idioma nacional de Pakistán es el urdu, pero también se habla inglés y otros idiomas.

سلام

(Salaam significa "paz").

¡Haz un kebab arcoíris de fruta!

MATERIALES:

- fresas
- trozos de naranja sin cáscara
- trozos de mango
- trozos de kiwi
- arándanos
- uvas moradas
- palillos de madera

PASOS:

1. Pide a un adulto que te ayude a pelar las naranjas, el mango y los kiwis y a cortarlos en trocitos.

2. Pon uno o más trozos de cada fruta en el palillo siguiendo los colores del arcoíris: rojo, anaranjado, verde, azul, violeta.

3. ¡Sirve a tus amigos y familia!

Acerca de la autora

Saadia Faruqi es una escritora
estadounidense y pakistaní, activista
interreligiosa y entrenadora de sensibilidad
cultural que ha salido en la revista
O Magazine. Es la autora de la colección
de cuentos cortos para adultos *Brick Walls:
Tales of Hope & Courage from Pakistan*
(Paredes de ladrillo: Cuentos de valentía
y esperanza de Pakistán). Sus ensayos
se han publicado en el *Huffington Post,
Upworthy* y *NBC Asian America.* Reside
en Houston, Texas, con su esposo
y sus hijos.

Hatem Aly es un ilustrador nacido
en Egipto. Su trabajo ha aparecido en múltiples
publicaciones en todo el mundo. En la actualidad
vive en el bello New Brunswick, en Canadá,
con su esposa, su hijo y más mascotas que
personas. Cuando no está mojando galletas
en una taza de té o mirando hojas de papel
en blanco, suele estar dibujando libros. Uno
de los libros que ilustró es *The Inquisitor's Tale*
(El cuento del inquisidor), escrito por Adama
Gidwitz, que ganó un Newbery Honor y otros
premios, a pesar de los dibujos de Hatem
de un dragón tirándose pedos, un gato
con dos cabezas y un queso apestoso.

¡Acompaña a Yasmin

en todas sus aventuras!

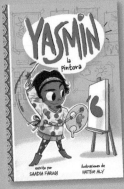

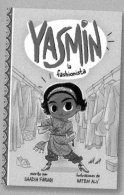

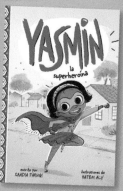

Descubre más en

www.capstonepub.com